IL TROVATORE

IN FULL SCORE

GIUSEPPE VERDI

DOVER PUBLICATIONS, INC.

NEW YORK

Music Drama in Four Parts
Libretto by Salvatore Cammarano
based on the play *El trovador* by Antonio García Gutiérrez
Music by Giuseppe Verdi
First performance: Teatro di Apollo, Rome, 19 January, 1853

CHARACTERS

Leonora, *a duchess at the Aragonese Court*	Soprano
Ines, *Leonora's confidante*	Soprano
Azucena, *an old Gypsy woman of Biscay*	Mezzo-soprano
Manrico, *an outlaw in the civil war*	Tenor
Ruiz, *a soldier*	Tenor
A Messenger	Tenor
Conte di Luna, *Count of Aragon*	Baritone
An Old Gypsy	Baritone or Bass
Ferrando, *Captain of the Guard*	Bass

Leonora's Company, the Count's Followers, Soldiers, Nuns, Messengers, Gypsies

Setting: Aragon and Biscay, Spain, during the civil war in the early fifteenth century

INSTRUMENTATION

2 Flutes [Flauti] (and Piccolo [Ottavino])—2 Oboes [Oboi]
2 Clarinets [Clarinetti]—2 Bassoons [Fagotti]
4 Horns [Corni]—2 Trumpets [Trombe]—3 Trombones [Tromboni]
Cimbasso [*obsolete brass-wind, in the Bass Trombone range*]
Timpani—Bass Drum [Gran Cassa]—Triangle [Triangolo]
Hammers on (2) Anvils [Martelli sulle incudini]
Organ [Organo]—Harp [Arpa]
Violins I, II [Violini]—Violas [Viole]
Cellos [Violoncelli]—Basses [Contrabassi]

Onstage [sul palco]: Bells [Campana]—Snare Drum [Tamburo]
 Horn [Corno interno]—Harp (= Harp II) [Arpa interna]

FOR CONTENTS, SEE P. **446**.

Published in Canada by General Publishing Company, Ltd., 30 Lesmill Road, Don Mills, Toronto, Ontario.

Published in the United Kingdom by Constable and Company, Ltd., 3 The Lanchesters, 162–164 Fulham Palace Road, London W6 9ER.

BIBLIOGRAPHICAL NOTE

This Dover edition, first published in 1994, is an unabridged republication of an edition originally published without a date.

LIBRARY OF CONGRESS CATALOGING-IN-PUBLICATION DATA

Verdi, Giuseppe, 1813–1901.
 Il trovatore : music drama in four parts / libretto by Salvatore Cammarano, based on the play El trovador by Antonio García Gutiérrez; music by Giuseppe Verdi.
 1 score.
 Reprint. Originally published: Milan : G. Ricordi.
 ISBN 0-486-27915-4 (pbk.)
 1. Operas—Scores. I. Cammarano, Salvatore, 1801–1852. II. García Gutiérrez, Antonio, 1813–1884. Trovador. III. Title.
M1500.V48T8 1994   93-45852
                                                            CIP
                                                              M

Manufactured in the United States of America
Dover Publications, Inc., 31 East 2nd Street, Mineola, N.Y. 11501

IL TROVATORE
di
G. Verdi

PARTE PRIMA
Il Duello

SCENA I. – Atrio nel palazzo dell' Aliaferia. – Porta da un lato, che mette agli appartamenti del Conte di Luna.

№ 1. Introduzione

6

Racconto

10

-gliar-da! Cin - ge - vai sim-bo-li di ma - lï - ar-da! E sul fan-

-ciul - lo, con vi-so ar - ci - gno, l'oc-chio affig - ge - a tor - vo, san-

-gui - gno!... D'or - ror com - pre - - sa____ com-pre-sa è la nu - tri - ce...

a - cu - to un gri - do____ un grido all'au-ra scio - glie; ed ec - - co, in

14

Andante mosso come prima

As-se-ri che tirar del fanciul-li-no   l'o-ro-sco-po vo-le-   -a... Bugiarda!

Andante mosso come prima

Lenta febbre del me-schi-no   la sa-lu-te strug-ge-   -al   Co-ver-to di pal-

23

24

Allegro assai agitato ♩. = 72

estremamente piano fino al più Mosso

Coro di Armig.: Sul l'or-lo dei tet-ti al-cun l'ha ve-du-ta! In u-pu-pa o

estremamente piano fino al più Mosso

Viol. | V-le | Vc. | Cb.

estremamente piano fino al più Mosso

Allegro assai agitato ♩. = 72

Coro di Famig.: In cor-vo ta - l'al-tra; più spes-so in ci -

Coro di Armig.: stri-ge ta - lo-ra si mu-ta!

28

30

32

Poco più mosso *(Tutta forza)*

(I Famigliari corrono verso la porta, gli uomini

SCENA II. Giardini del palazzo. Sulla destra, marmorea scalinata che mette agli appartamenti. — La notte è inoltrata; dense nubi coprono la luna.

Nº 2. Scena e Cavatina

-co - ni -ci, e ver-si me-lan-co-ni-ci un tro-va-tor can-tò.

46

-sta - ti-co, la terra un ciel sembrò, la terra un ciel, un ciel sembrò.   Al cor,... al guar - do e-

det - to ch'in-ten - der l'alma non sa.

54

gior - no a - - mò,   non deb-ba mai pen-tir-si chi tan-to a - mò!)

62

es - so mo - ri - rò, per es-so mo-ri - rò, mo - - - - ri -

L. - rò!

(ascendono agli appartamenti)

I. - mò!)

№ 3. Scena, Romanza e Terzetto.

70

74

82

- men - do il   fo - co!   Il   tuo san - gue, o scia - gu - ra - to,

-stin-guer - lo fia po - co! Dir - gli,o fol-le, io t'a-mo, ar - di-sti! Ei più

vi - ve-re non può, no, ei più   vi - ve-re non può, no,no,non   può,no,no,non   può, no, ei più

stent.

stent. col canto

stent. col canto

col canto

92

Poco più mosso.

L. co - re che te a - mar non vuol, nè può, ——— che te ———

M. vi - ta il de - sti - no a me ser - bò, ——— a me ———

C. -ri - sti che a mo - rir lo con-dan - nò, che a mo - rir lo con-dan - nò, ——— lo con -

ff Poco più mosso.

Fine della Parte Prima.

PARTE SECONDA
La Gitana
SCENA PRIMA.
Un diruto abituro sulle falde di un monte della Biscaglia.

Nel fondo, quasi tutto aperto, arde un gran fuoco. — I primi albori.

Azucena siede presso il fuoco, Manrico le sta disteso accanto sopra una coltrice ed avviluppato nel suo mantello; ha l'elmo ai piedi e fra le mani la spada, su cui figge immobilmente lo sguardo. Una banda di Zingari è sparsa all' intorno..

Nº 4. Coro di Zingari e Canzone

110

124

Nº 5. Scena e Racconto

134

grido,.. il grido,.. il noto grido... a-scol-to:.."Mi ven - - di-ca!?.

Quale or - ror!

Nº 6. Scena e Duetto

153

158

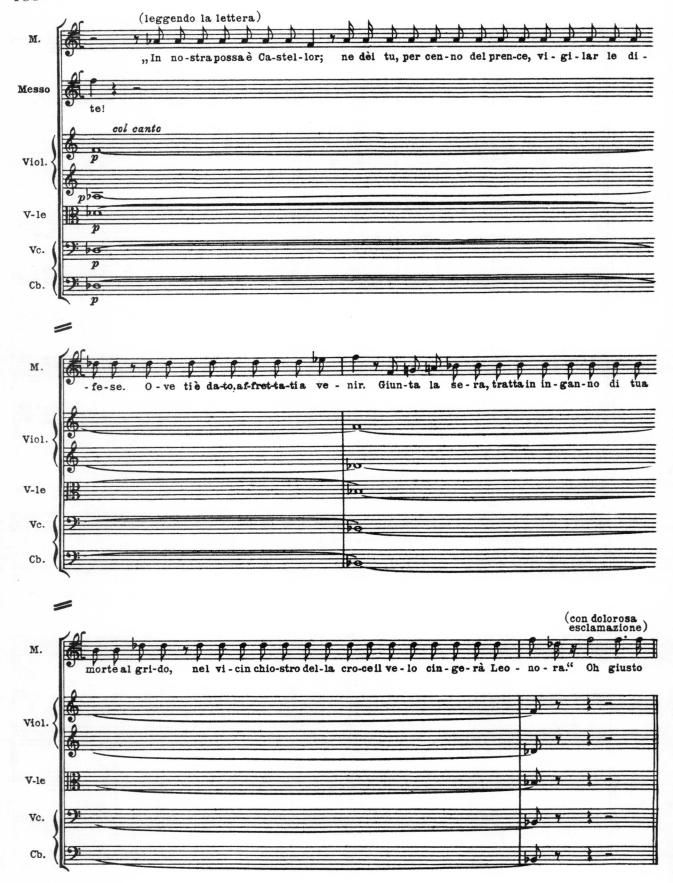

dal mio cor,   tu la spre - mi dal mio cor,_____ ah!_____ ah!_____ tu la spremi,

-mi il mio ben, la mia spe - ran - za!.. No, che ba - sti ad ar - re - star-

-si, gua i per te s'io qui re - stas - si!... tu ve-dre-sti a' pie-di tuo- -i spento il

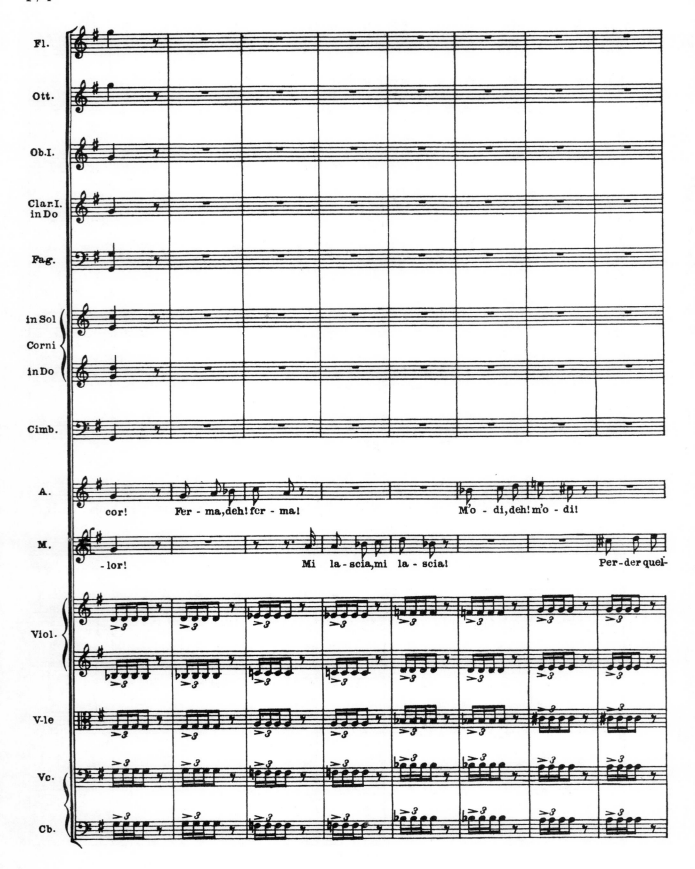

Cambiamento di scena.

SCENA III. Atrio interno di un luogo di ritiro in vicinanza di Castellor.— Alberi nel fondo.— È notte.—

N.º 7. Scena ed Aria

1

184

-d'ar-do le   fa-vel-liinmio fa - vor, sperda il so - le d'un suo sguar-do la_ tem-pe -sta,

ah!_____   la tem-pe-sta del mio cor!

186

188

gio - - ia che m'a - spet - - ta, gio - ia mor - tal   non è,____   gio-ia mor-

-tal no, no, no, non è! In - va - no un Dio ri - va - le s'op-

192

194

-tal non è,_____ gio - ia mor-tal no, no, no, non è! In-

-va - no un Dio ri - va - - le s'op - po - ne all'a - mor mi - o,——— non può nemmen un

200

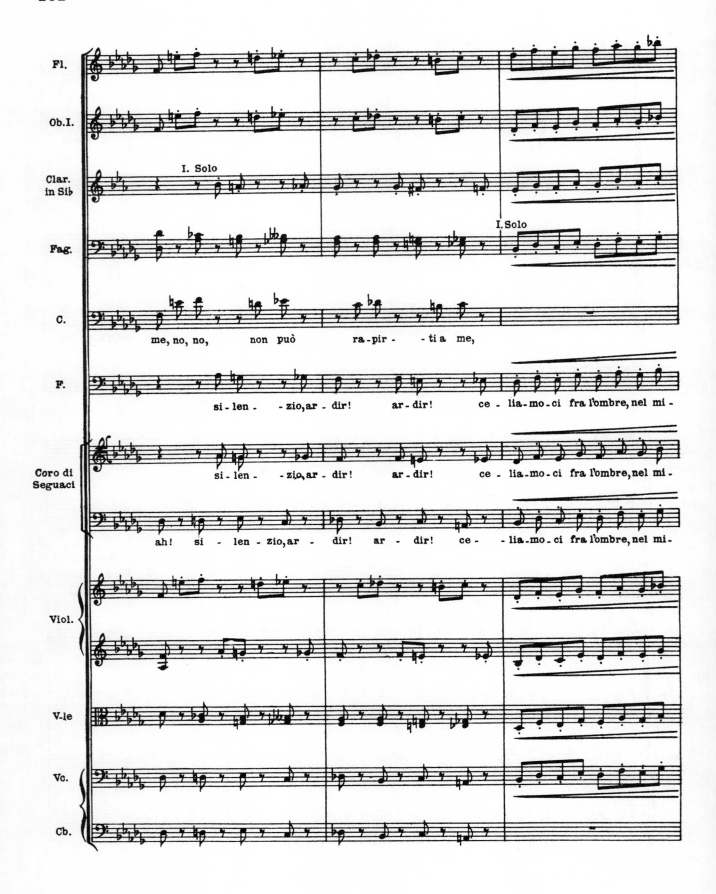

204

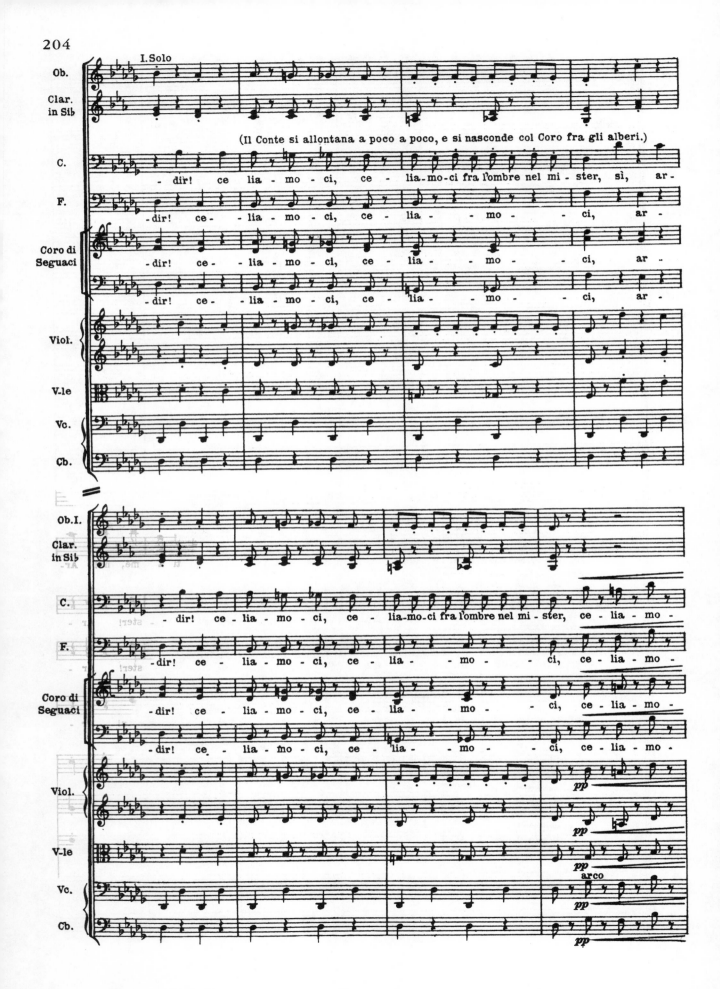

Nº 8. Finale secondo

208

224

230

Sei tu dal ciel di - sce- so, o in ciel son io con te? sei tu_ dal ciel di - sce - so, o in ciel_ son io con

(Manrico tragge seco Leonora. — Il Conte è respinto, le donne rifuggono al Cenobio. —)
(Scende subito la tela.)

Fine della Parte seconda.

PARTE TERZA

Il figlio della Zingara.

SCENA PRIMA.
Accampamento.

A destra il padiglione del Conte di Luna, su cui sventola la bandiera in segno di supremo comando; da lungi torreggia Castellor.

Scolte di Uomini d'arme dappertutto; altri giuocano, altri forbiscono le armi, altri passeggiano, poi Ferrando dal padiglione del Conte.

Nᵒ 9. Coro d'Introduzione

248

251

252

Nº 10. Scena e Terzetto

262

264

Fl.

Clar. I.
in Do

Fag. I.

Corno
in Mi

A.

-re pe-ne or-ri - bi - li co-stò!_____ Qual per es - so pro-vo a-mo - re, qual per

Viol.

V-le

Vc.

Cb.

Fl.

Ob.

Clar. I.
in Do

Fag. I.

in Mi
Corni
in Mi

A.

es - so pro-vo a-mo - re ma-dre in ter - ra non pro-vò!

Ferrando

(Il suo vol-to!)

Viol.

V-le

Vc.

Cb.

Di'... tra - e - sti lun-ga e - ta - de fra quei monti?

Lun - ga, sì.

Rammente - re-sti

un fan-ciul, pro-le di con-ti, in-vo-la - to al suo ca-stel-lo, son tre lu-stri, e

Allegro (𝅗𝅥 = 88)
Fl.
Ott.
Ob.
Clar. in Do
Fag.
in Fa
Corni
in Do
Tr be in Do
Tr bni
Cimb.
Timp.
A.
C.
F.
Viol.
V-le
Vc.
Cb.
a2
I. Solo
III. Solo
Ah! Deh! ral - len - ta - te, o bar - ba - ri, le a-
- ter! Oh sor - - te!
tre - ma! tre - - ma!
Allegro (𝅗𝅥 = 88)

278

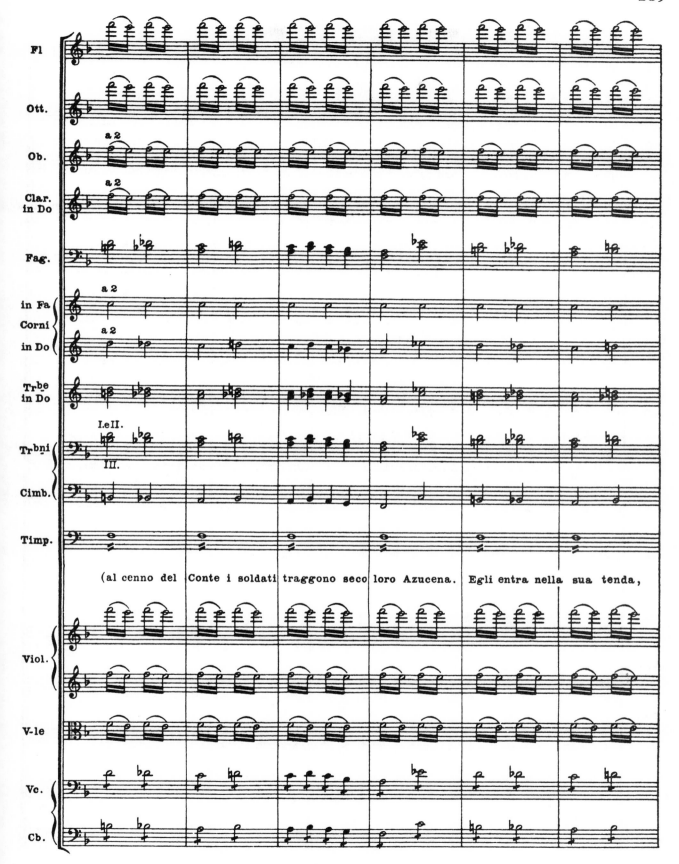

SCENA V. Sala adiacente alla Cappella in Castellor, con verone nel fondo.

Nọ 11. Scena ed Aria

296

305

no-stri... affrettati, Ru-iz... va... va... tor-na... vola!

307

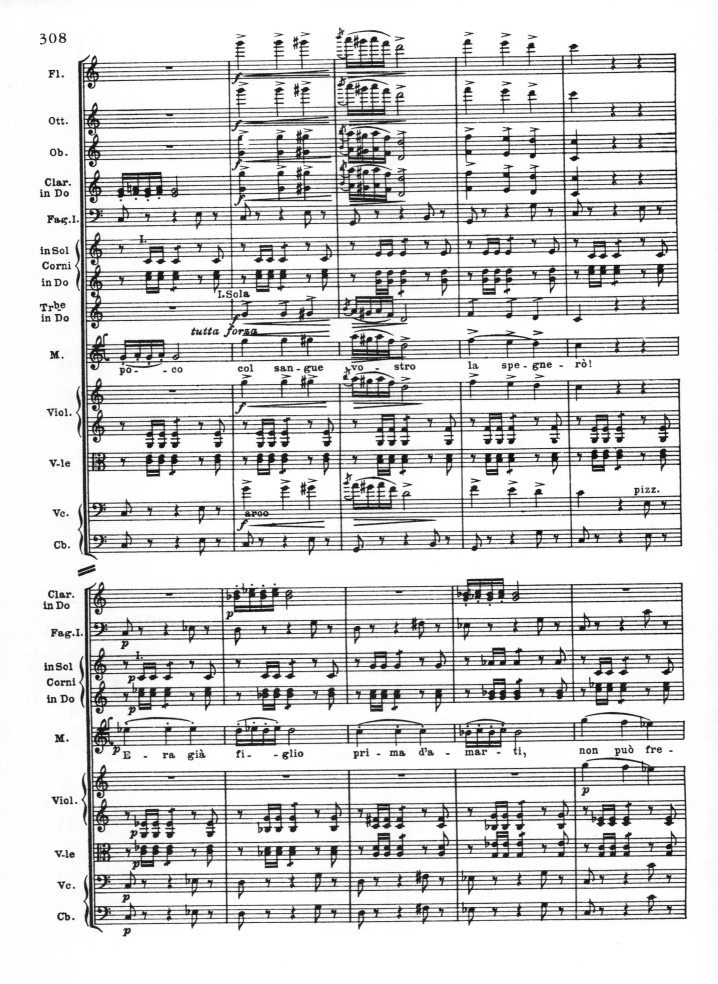

-nar - mi   il   tuo mar - tir...   Ma - dre in - fe - li - ce,   cor - ro a sal-

Più vivo

Più vivo

-men, cor-ro a   mo - rir,   o te - co al - men,   o te - - - - co a   mo -

me - - - glio sa - ria mo - rir!

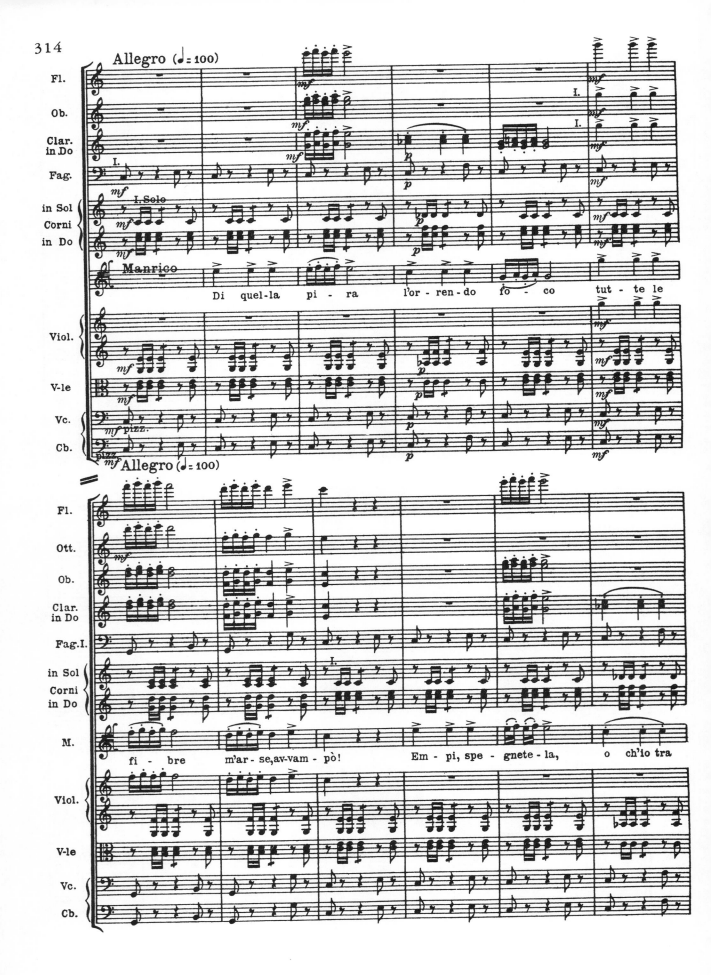

cor - roa sal - var - ti, o te-co al - me - no cor - ro a mo -

(Manrico parte frettolosamente seguito da Ruiz e dagli Armati, mentre odesi dall' in-

terno **fragor** d'armi e di bellici strumenti.)

Fine della Parte 3ª

PARTE QUARTA
Il Supplizio
SCENA PRIMA.
Un' ala del palazzo dell' Aliaferia.
All' angolo una torre con finestre assicurate da spranghe di ferro.
Notte oscurissima.

Nº 12. Scena, Aria e Miserere

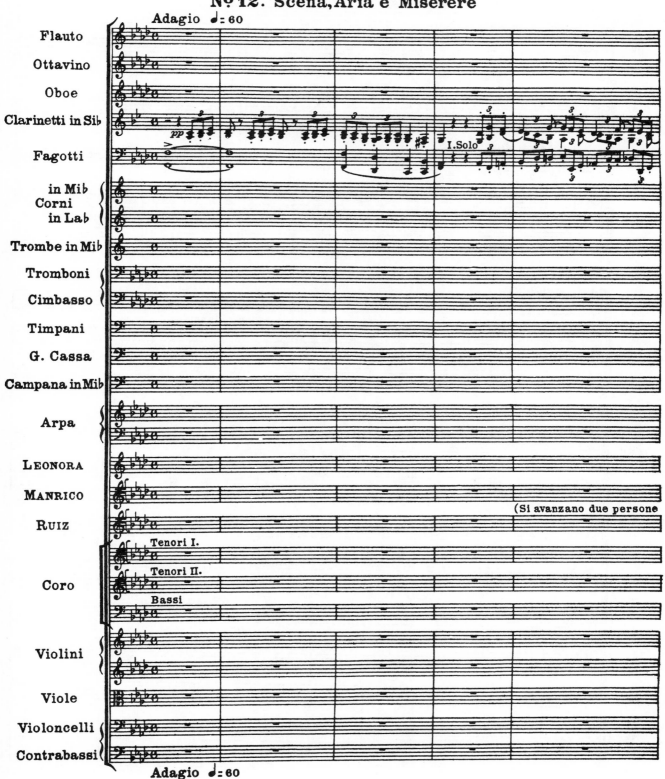

329

334

(Questo squarcio deve essere pianissimo benchè a piena orchestra)

-ve-ste, al labbroil re-spi-ro, i pal-pi-ti al cor, il re - spi - ro, i

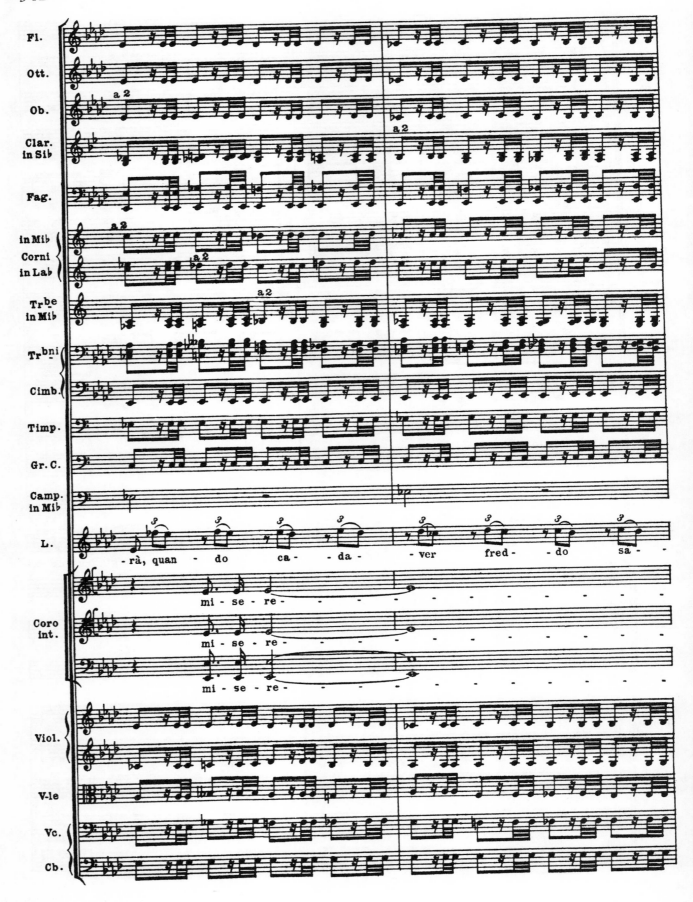

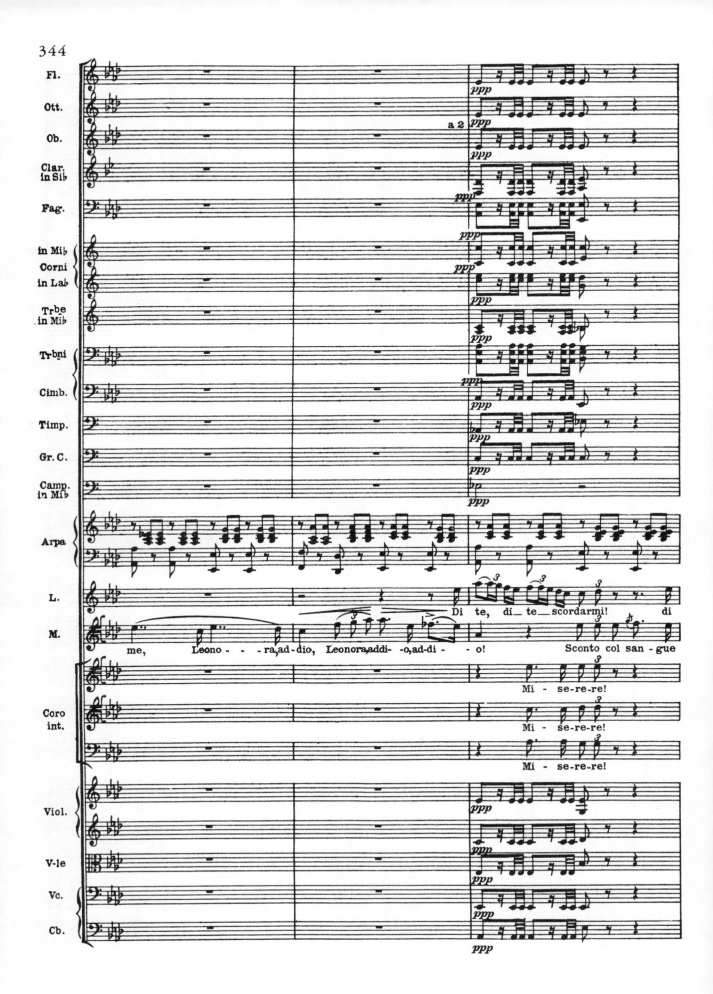

346

Fl.

Ott.

Ob.

Clar.
in Sib

Fag.

in Mib

Corni

in Lab

Trbe
in Mib

Trbni

Cimb.

Timp.

Gr.C.

Camp.
in Mib

Arpa

L.

te, di_te__scordarmi! di te, di te__scordarmi! di te scordarmi! di te scordarmi!

M.

-o. Sconto col san-gue mi - o l'amor che po-si in te! Non ti scordar, non ti scordar di

- re! mi - se-rere! mi - se-re-re! mi - se-re - re!

Coro
int.

- re! mi - se-rere! mi - se-re-re! mi - se-re - re!

- re! mi - se-rere! mi - se-re-re! mi - se-re - re!

Viol.

V-le

Vc.

Cb.

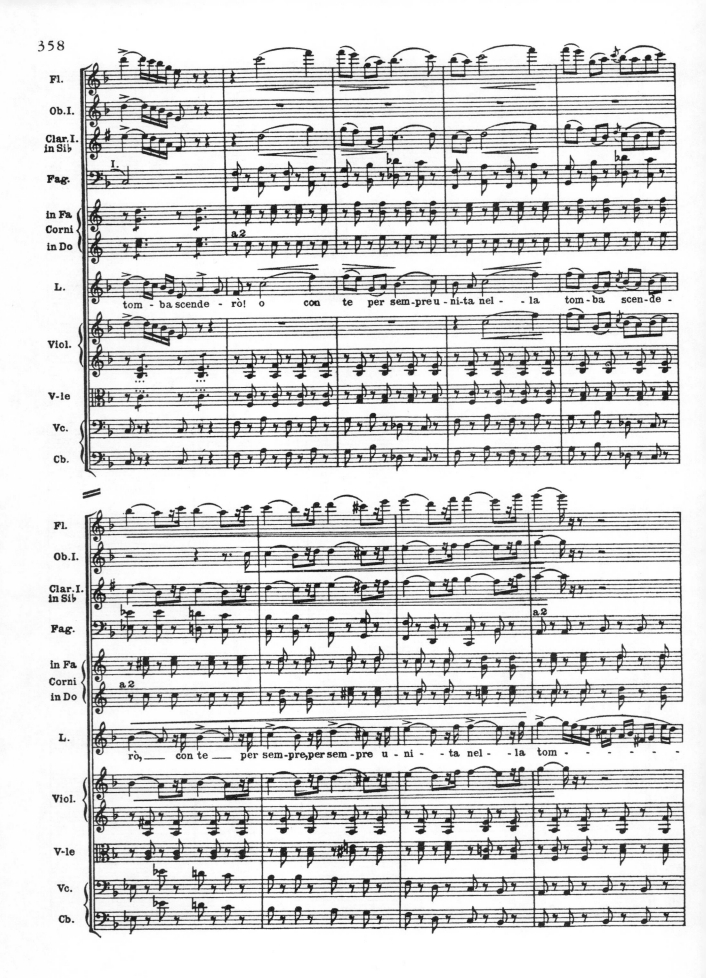

363

SCENA II. S'apre una porta; n'escono il Conte ed alcuni seguaci. Leonora è in disparte.

Nº13. Scena e Duetto

Allegro brillante ♩=132.

Allegro brillante ♩=132.

-gno - - re... Po - trò ____ dir-gli mo - ren - - do: sal - - vo ____ tu ___ sei ___ per ___

SCENA III.

Orrido carcere.

In un canto finestra con inferriata. Porta nel fondo. Smorto fanale pendente alla vôlta.

Azucena giacente sopra una specie di rozza coltre: Manrico seduto a lei d'appresso.

Nᵒ 14. Finale ultimo

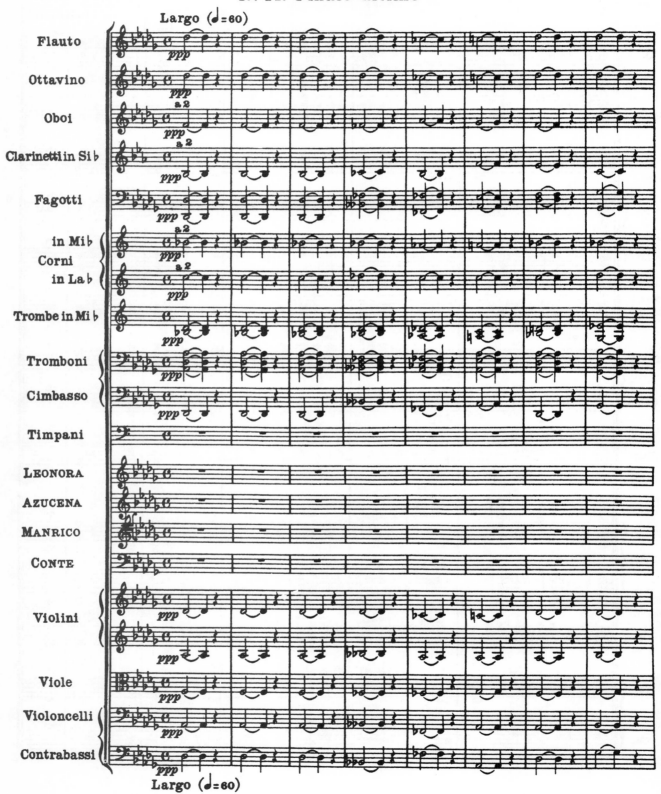

Allegretto animato

Azucena

Un giorno turba fe-ro-ce la-va tu-a con-dusse al ro - - -go!

Allegretto animato

Manrico

Se m'ami an-cor, se vo-ce di fi-glio ha possa d'u-na ma-dre in

se-no, ai ter-ro-ri del-l'al-ma o-bli-o cer-ca nel son - no, e po-sa e cal-

411

Fl.
Ott.
Ob.
Clar. in Do
Fag.
in Sol
Corni
in Re
Trbe in Re
Trbni
Cimb.
Timp.
M.
parlando
-va - - - le! In-ten-do, in-ten-do!
Viol.
V-le
Vc.
Cb.

Oh, co-me l'i - ra ti ren - de, ti ren - de

ven - - - du-to un co-re che mi - o giu - rò!

Fl.
Ott.
Ob.
I.
Clar. I. in Do
Fag.
in Sol
Corni
in Re
I.
III.
Tr ba I in Re
in Mi♭
L.
oh, co-me l'i - ra ti ren - de, ti ren - de cie-co! oh, quanto ingiu - sto, crudel, cru-del, sei
M.
-rò! in - fa - me! ha
Viol.
V.le
Vc.
Cb.

433

CONTENTS

FIRST PART: *The Duel*